JN191507

句集

我呼ぶ母

森田幸子

Morita　Sachiko

本阿弥書店

序に代えて

著者の森田幸子さんとは俳友として三十年を越えるお付き合いになる。最初に出合ったのは、福井県三国で行われた「秋」の練成会に行く新幹線の車中であったかと思う。私が社会人になって間もない頃だったか。その時は、やはり俳人であったお母さまとご一緒であった。森田さんは、句集の中の作品にもあるように、そのお母さまが亡くなるまで母子二人での生活を続けられた。お互いを気遣いながらの二人三脚だったのではないかと思う。それゆえに、このたび句集の草稿を拝見したとき、もう句集名は『母』しかないとも思えたほど、母を詠んだ句が多かった。世の中には、母もの俳句は甘くなるから詠むなと非情なことをいう先生もおられるが、作家にとって母が中心的主題であれば徹底的に詠めばよいと私は考える。老病死、父母、家族、これらを詠むことを忌避する理由は何一つない。ただし、平凡に常識的には詠まないように、感情過多になりすぎないように、はたまた類想的にならないように等々、作家ならば常に対象を観察し自分を見つめながら表現の工夫を追求すればよいのである。

まず、「母」を詠んだ句をいくつか引いてみよう。

よろけるな転ぶな母よ蓬餅
ひぐらしや偏食多き母とゐて
笹鳴や老いても母に甘えたし
「ありがとう」母よ言ひ過ぎ草の花
そぞろ寒生き甲斐を問ふ母の顔

母への気遣いも見えるが、母子共に多少のわがままを通しながら、支え合って生活している様子がうかがえる。老いた母親に寄り添いながら、「よろけるな転ぶな」「偏食多き母」と気遣う一方で、「老いても母に甘えたし」と作者も頼るこころを正直に述べる。四句目の「ありがとう」と言いすぎる母は傍目には穏やかな母親に見えるが、娘である作者にはむしろ心配の種になってしまう。そんなにいちいち感謝の言葉をくれなくてもいいよ、と。五句目も同様であろう。ときに真顔になって「生き甲斐ってなんだろうね」と九十歳を越える母親から問われると、実にどきりとしてしまうのであった。「そぞろ寒」の中に母の顔も作者の顔も向き合って見えてくる。

そのご母堂が亡くなられたのは二〇一二年であった。次のような句に深い悲しみが刻まれている。

大往生たれど母の死身凍つる
「かあさん」と幾度呼んでも寒夕焼

誰もが九十七歳の死は大往生だと言ってくれる。それは作者自身もその通りだとは思うが、それでも作者には「凍つる」の心情の方が現実的に強く押し寄せてくるのであった。二句目は翌年に母を偲んだ句だが、ここでもまだ「寒夕焼」に象徴される心情が依然として強いのである。共に、正直に直情的に詠んでいて、読者の胸に迫るものがある。

水澄むや母恋ふ詩を今しばし
埋火や母を詠みきてまだ足らず
うすらひや母の背に似し風の紋

作者は母亡き後、俳句において母をどのように捉えようとしているのだろうか。一句目は、母の句をまだ詠むことによって、心中の澄みを引き寄せようとしている。「今しばし」の下五は未練とも受け取れるし、やがては母の句と決着をつけなければとの意思をも感じさせる。二句目は、「まだ足らず」と。母のことで詠みたい風景がまだまだ無尽蔵にありそうなのであろう。その思いを持つ作者自身も「埋火」のように老いを意識する年齢に達しているのだ。三句目は、母のうすい背を思うとき、それは薄氷の表面にうっすらと跡を残している「風の紋」のようだというのだ。この句に至って、ようやく作者の母親への詩的感情は満たされたのではないか。直喩を用いながらも象徴性の高い作である。
第二の主題は、森田さんが師として仰いできた石原八束への思いである。作品を引いてみると次のようなものが残っている。実は、これもけっこう頻繁に詠まれてはいたが、私の方で最終的にはかなり句数を絞ったのである。

天の大人呼べば白鳥羽ひらく
天上の大人還りませ揚雲雀
韻き合ふ大人の言志と天狼星
夢はじめ大人の誡め優しかりき
断腸花大人の含羞偲ばるる

すべて「大人」は「うし」と読ませる。作者は、普通に「師」と書く代わりに「大人（うし）」と書くことが多い。ここでの「うし」とは、「師匠、学者や先人などを尊敬していう語。先生」の意であろう。語誌的には、日本書紀などには貴人などへの尊称としてあったものの、「中古から中世にかけて用例がなく、近世に復活して主に文学方面に用いられる。国学者たちが復古趣味によって古典から再生させた語の一つである。」(『日本国語大辞典(第二版)』)とのこと。確かに、日常的な話し言葉としては馴染みが薄い。作者としては、現代風な「先生」でも、因習的な「師匠」でもなく、文人的な恰幅と奥行きをもった恩師くらいのニュアンスで用いているのであろう。その中には、若くして他界した父親へのような敬慕も混じっているのかとも思う。

作者の作品に従えば、石原八束は、今や天上にいて、白鳥や雲雀などを介して地上と交信しているようでもある。また、その抱いていた言志は天狼星(シリウス)と響き合っていて、夜空を仰ぐたびに作者に詩作への初心を語りかけてくれるようだ。一方的な夢の中の思いとは言え、先生の言は戒めも含むがそれでも優しい。そして、生前の八束は特に若き日は断腸の思いの私生活が続いたが、同時に文人的な含羞をいつも有していて、これは最晩年まで変わらなかった。「含羞」のある俳人が少なくなった中で、やはり懐かしく偲ばれるのであろう。
もう一つの作者のキーワードは「詩（うた）」である。「一行詩」「詩歌」「詩魂」「狂詩曲」「詩心」などの漢語のほかは、「詩」は「うた」と読ませている。現代風に「詩（し）」と詠えばいいようにも思えるのだが、作者にとっては、前述の「うし」と同じように、「うた」の雰囲気と意味合いに親しみを感じているのであろう。言い換えれば、これも作者の文体と言ってよいだろう。以下はすべて「うた」と読む。

仮幻忌や言志の詩を珠として
火恋し机上に散らす詩の屑
雪中花母の遺せし詩いくつ
片虹や詩欲る我に持ち時間

四句ほど引いたが、これらの「詩」は主に師である八束を意識したり、母を思い出したり、どちらかと言うと、「詩」に情（こころ）を添わせたい心情を映しているように感じる。抒情の部分を「詩」に求めているのであろう。

ところで、これらはキーワードの側面から作者の俳句世界を見てみたが、もっとふつうに佳品を探ってみる手ももちろん残っている。

まずは、自己観察の句。作者は母を詠んだ句においてもしばしば母を通して自分を見つめ分析している。石原八束の内観造型の「内観」を大事にしておられるのだろう。たとえば、次のような佳品を引くことができる。

にんげんを忘れてゐたり冷し酒

花はちす独りになる日ふと想ふ

さくらんぼ寝転んで読む悪女伝

わが心わが手に負へず落葉踏む

堪へ性疾うに失せたり虫すだく

これらは直接自分を見つめて直叙的に表現した作品。冷やし酒を飲みながら自分が「にんげん」であることを忘れていることに気づいて笑う自分。そうかと思うと、蓮の花を見ながら、独りになる日を想像し始めてしまう自分。可憐なサクランボをつまみながら、悪女伝を読んでいるブラックユーモア的な自分。なすすべがなく落葉を踏んでこころを鎮めている自分。秋の虫の声の闇の中で堪え性の失せてしまったことを静かに振り返る自分。句会のたびに、自分をいつも深く見つめている作家だと思う。

でで虫の小さき目で追ふ濁世かな
食細き貘を飼ひをり四月馬鹿
大海鼠己れに倦みてゐるごとく
がまがへる身のほど百も承知なり
いぼむしり髭も機嫌も斜めなる

これらは、動物に仮託して自分の内的風景を開陳した作品。比喩を巧みに活用して自分の行動のあり方を表現しようとしている。たとえば、作者は、蝸牛のような小さな目でしかこの世のものを追うことができないが、その小さな目をいっぱいに開いて懸命に努力している。かと思うと、空想上の動物である獏を飼っているが、食が細いので悪夢を全部食べてはくれない。ユーモラスな世界である。三句目は、大海鼠を見ていると自分に飽きているように感じられるのだ。それは自分そのものでもある。次のがまがえるも、いぼむしりも、それぞれに自分を重ねている。暗喩性の強い展開の句が揃っていると言ってよいだろう。

その他、作者の句における素材へのダークサイドからのアクセスやその笑いなどにも触れてみたかったが、それらについては、いまはひとまず次のような句を引いて、考察については読者諸氏に任せよう。

うそ寒や木偶の背にある螺子の錆
暖簾師の貌に似てゐる海鼠かな
書初の「無心」いささか傾きぬ

この句集が作者にとってのよい自己激励の機会になり、次の句集を目ざしてさらに切磋琢磨されるよう願って、ひとまずの序に代えたい。益々のご健筆を祈って筆を擱く。

二〇一八年六月二日

「秋」主宰　佐怒賀正美

句集　我呼ぶ母＊目次

装幀　大友　洋

句集　我呼ぶ母

第一章　はぐれ鬼

一九八八年

初雀まろやかなりし母の顔

滴りのシダの洞窟ギター弾き

毒舌の声かん高く油照り

秋風や床に置かれし般若面

板干しの和紙かがやけり蕗の薹

一九八九年

髪洗ふ人に倚りたし背きをり

歯車の合はぬ姉妹や水の秋

木枯やピエロの貌の皺深き

風花や吊橋渡る伐採夫

一九九〇年

水車手桶に映る迎春花

針箱に母の旧姓雪明り

わが修羅に黙してゐたり寒蜆

一九九一年

夕弥撒や現の花に跪く

亀鳴くや笑うて隠す涙なる

白露や始まり告ぐるミサの鐘

逃げ腰のわが影現るる十三夜

雪起し薪割る鉈の黒光り

彼の世より父の戻りし初枕

一九九二年

幸といふわが名文へや蕗の薹

白雨去る大崩崖岬の放ち馬

敵七人撒き来たる夜の炬燵かな

数へ日や転がる活字追ひかけて

雪あかりマヌカン小脇に銀座裏

心飢ゑ詩《うた》に沿ひをり達治の忌

一九九三年

パレットに空の彩あり揚雲雀

白蝶や父の遺骨を抱き行く

パドックの馬の脚より薄暑来る

封じ手を探つてゐたりサングラス

夭折の知らせ受けをり沙羅の花

耀を待つ三国漁港に時雨鳴る

四つに組む業に倦みをり木の葉髪

寒の水噛んで別れを告げにけり

亀鳴くやまた裏返る胸算用

一九九四年

陽炎やわが刻印の詩の数

はすかひに人の眼のあり穴子食ふ

江戸団扇毘沙門参りの素描き帯

天の川こころの渇きいかにせむ
声あげて泣けるしあはせ天の川
装ひは黒ときめをり酔芙蓉

熱燗や笑ひて背く貌ばかり

知命なり蒼く烟れる霧氷林

雪虫や越後杜氏の皺深き

ゆく年や縋るあてなきはぐれ鬼

一九九五年

一夜干《しいしび》や三国漁港の磯千鳥

薄氷やをんなばかりの無言劇

三国町わが花筐求めむや

初蝶やこぼるる詩を砂に書く

疑へば己にかへる亀鳴けり

彼方なる恋のカルテや凌霄花

まくなぎや堂々巡りの思案顔

こころの荷解かぬままに髪洗ふ

天使《エンジェル》の羽音ふれ合ふ海照し
※海照し……ひとつばたごの別称
あえかなる鳴砂胸に明易し
墓のなき父の郷なり柿の花

白桃や人恋ふときの胸に虚
奥の手を握られゐたりとろろ汁
小心にやどる鬼ゐて鰒啖ふ

一九九六年

水温む木椅子に開くジャヤムの詩

でで虫の小さき目で追ふ濁世かな

彼の人にこころ置くとき小鳥くる

吹越や素干しの達磨まろびをり

冬帽子夙志はいまだ握りしむ

氷面鏡おのづと退る影ひとつ

越恋ふや背まろみし紙漉女

第二章　無策の手

一九九七年

逃げ腰の己が影あり喧嘩独楽

よろけるな転ぶな母よ蓬餅

暖簾師のまくなぎまとひ来るかな

火取虫人に倦みゐてひとに倚る
雷鳴の真只中に恋を詠む
濁り世は見ざる聞かざる遠泳す

告白に嘘を読みゐる夜長かな

花野ゆくいづちに脱がむおのが殻

眉うすく生きて虎鰒食《た》べをり

強がりのこころ細りや咳地獄

無沙汰詫ぶ男の膳の根深汁

方寸を弾き出されしよろけ独楽

一九九八年

切山椒やさしき言葉もどりけり

遊蝶花嘘つく舌のやはらかき

水温む追伸長き母の文

花篝わが刻印の詩探る

囀や素焼の壺に朱を入れむ

亀鳴くや道化の眼もて我見つむ

亀鳴くや宙ぶらりんの無策の手

二枚舌にまかれてゐたり目借時

じやじや馬を操る眼あたたかし

茎立やわが恋詩の捨てきれぬ

粽解く離れ難きは親の腟

さらさらとひとつばたごや朝の弥撒

詩神生れひとつばたごにやどりけり

死ぬるまでつまりはひとり祭笛

浮巣巻く闇より覗くはぐれ鳥

ポケットに白き句帳や夏つばめ

耳底にかごめ唄澄み夜光虫

言訳をしたくて待つや首に汗

茄子の牛瘤の駱駝よ八束逝く

古書漁る早稲田馬場下蛇笏の忌

しぐるるや髪の逆立つ阿波の木偶

息かけて捨印一つ神の留守
天つ日をかへす白鳥八束亡し
天の大《う》人《し》呼べば白鳥羽ひらく

一九九九年

とび交へる津軽なまりや雪間萌

啓蟄やうからに見せぬ顔ありて

未来図を計るそばから海市たつ

恋敵老いてもカンカン帽で来る

けだるさは風のいたづら芥子の花

火取虫わが抱く炎見えぬとや

ブルドッグ抱きくるをんな油照り

団扇もて無念の膝を打ちてをり

地蔵盆泣虫小僧老いにけり

ピエロなるわが影釣瓶落しかな

青北風やザビエル聖堂まのあたり

喪服着て笑み交はしをり神の留守

逢ひたきは亡き人ばかり冬霞

世はぐれの出たとこ勝負熊手買ふ

胃の腑また疲れ出てをり寒四郎

二〇〇〇年

をどり喰ひをとこに二言なくもがな

口喧嘩できる母居り水温む

時代屋の自動扉や燕くる

夜のブランコこころの傷を拭ふべし

菖蒲湯や目つぶりてゐる肚の邪鬼

青蛙パレットひらく膝の上

五月闇どんでん返しの木偶頭

蓮ひらく鬼籍の段の灯とも

胸中の勝気弱気や四葩濃し

朝顔や母の目覚めを確かむる

躱す術知らぬ性なりあきざくら

雪中花亡き師に捧ぐ詩生まむ

咳地獄煩悩壊れてしまひたる

煮えきらぬ問答ばかり牡蠣啜る

天上の大人還りませ揚雲雀

二〇〇一年

わが雛綴る年譜のあるやなし

藍微塵抱き鷺坂過ぎゆくも

食細き獏を飼ひをり四月馬鹿

浄瑠璃の下座の音高し目借時

地獄耳垂れてしまひぬ目借時

逢ふよりも逢へぬ月日やのうぜん花

蓮の露こぼれ八束の忌なりけり

※七月十六日。仮幻忌・文琴忌とも言う。

鷺坂は人の影なし文琴忌

仮幻忌や言志の詩を珠として

鉦叩命惜しめと言はれしも

夕紅葉うすき化粧の越後びと

葛湯吹く知命半ばを母とゐて

二〇〇二年

臆面をとゝのへゐたり大旦

恙なき母の寝息よ初日記

ひとり身をとほし数の子嚙みゐたる

ふきのたう僧と行き合ふ出雲崎

夕薄暑素知らぬふりの擦れ違ひ

籠螢この身を焦がす術知らず

サングラス極楽とんぼ決めゐたる

仮幻忌の坂の小日向ひと廻り

手花火や母はいつでも窓に倚り

大法螺を聞かされゐたり菊膾

大切な人ほど遠し秋のこゑ

第三章　木偶の背

二〇〇三年

わが裡の弓弦締めむや初山河

母在して何の不満ぞ鏡餅

遠目して肥後恋ふ母よ手鞠唄

春寒しひと口ふやす癌保険

囀や頬に目薬零れたり

春ショール罪なき嘘と思ひけり

泣き面を見られて笑まふ花の闇

花冷や粗籠より出す木偶頭

子に随《つ》くを拒む母あり白牡丹

かたつむり八束邸跡見つめゐる

遠雷や母の持薬のまたひとつ

金魚玉母の晩年観てをりぬ

通し鴨見つめてゐたり老二人

母の敷く真白きシーツ遠花火

モノローグ重ねし日日や揚花火

新月やほのかに酔ひし薬膳酒

ひぐらしや偏食多き母とゐて

論弁に水差されをり鮟鱇鍋

二〇〇四年

切山椒母のむかしを聞いてをり

きさらぎや母の薬を小分けする

流し雛寄りそふ影のなかりけり

卯の花や介護査定を拒む母

邂逅のほとぼり裹《つつ》む花衣

夜桜や泥眼面の見え隠れ

弱り目の漢の食らふ穴子かな

涼しさや八束の朱筆褪せつつも

葭雀ひとりぽつちを佳しとせむ

仮幻忌や切支丹坂誰もゐず

よく笑ふ母になりけり心太

目礼のあとの黙殺花氷

かなかなや気儘な生活《たつき》ときに憂し

朝顔や母の散策百歩ほど

毬栗や鉄腕アトム読みし頃

露けしや恋の神籤も自動にて
隠れ蓑はづす勇気よ木の葉髪
熱燗や泣きの一手を躲しゐて

母のゐることの安らぎ冬日影

横恋慕されてしまへり雪ばんば

雪中花八束思はば海のいろ

取りやうでこれも恋文白鳥来

きさらぎや母の生薬煎じすぎ

二〇〇五年

逢うて来てちどり足なり夜の梅

永き日や風にうなづく原の葦

蟾蜍習ひの疲れ顔に出て

何もかもうしろ向きなり桜桃忌

むらぎもの熱り鎮めむ白菖蒲

草泉八束の言志追ひきたる

夏帽の端役に光まはり来ぬ

仮面劇跳ねたる街の白夜かな

にんげんを忘れてゐたり冷し酒

桔梗や母に優しくなれずゐて

吾亦紅一日の自由てふ孤独

葛湯吹く忘れ上手は母に似て

島巡り後にまはして酢牡蠣かな

われにまだ母あるおごり冬牡丹

頼らるる母を頼りて雑煮椀

二〇〇六年

母とする蒟蒻問答春炬燵

桃の日や男ばかりの輪にをりぬ

暮れがての雀隠れに鬼待つ子

遊蝶花かなしいほどの自由なる

菖蒲湯のあとのうたた寝風通る

卯の花や卒寿の母の薄化粧

ハモニカの鳴らぬ一孔戻り梅雨

ねぎらひの二言三言蝸牛

花はちす独りになる日ふと想ふ

含羞も死語となりしか八束の忌

度忘れを母に笑はれゐる炎暑

向日葵の漲るちから時に憂し

新涼や塩で締めたる青魚

胸底の唐変木や秋澄める

うそ寒や木偶の背にある螺子の錆

「戀」の字の糸の縺れやからす瓜

干菜風呂丹波は父の郷なりき

八束亡きあとの歳月冬帽子

冬桜一語に癒ゆることのあり

弱みなどみせては居れぬ雪中花

餅花や泥眼けふは笑まひをり

二〇〇七年

寒四郎微醺の肚に茶漬かな

蓬餅とろりとろりと母憩ふ

たびら雪加賀に友禅端切れ選る

逆上り出来ぬ男の子や夕辛夷

ふらここや独りが佳しと思ふまで

胸中の八束ふらここ朽ちもせで

さみだれや留守居の母に飴二つ

師の言志ひとつばたごに甦る

青梅雨やドーナツ盤の恋の歌

父の日や譲り受けたる天邪鬼

濃あぢさゐ伽藍の引戸開けて見ぬ

金魚玉卒寿を過ぎし母とゐて

一行詩追うて久世坂八束の忌

秋澄むやさびしき人はこゑ挙げよ

ひぐらしや母の待つ家なほ在りぬ

うづくまる番の鳩や原爆忌

うそ寒や母のカルテを覗きたる

酉の市母似の阿亀買はれけり

父ねむる武甲山の辺白鳥来

第四章　悪相の魚

二〇〇八年

母に聞く父との恋や切山椒

笹鳴や老いても母に甘えたし

韻き合ふ大人の言志と天狼星

うすらひや母の生薬匂ひ立つ

何もせぬことの疲れよ桜濃し

泉川生き甲斐母に問はれゐて

緋牡丹や煩悩毀れてしまひさう

長生きの母ゐて新茶絶やすまじ

水無月やカルテの裏の人体図

膝抱いて疲れほぐさむ蚊遣香

仮幻忌や大きな空蟬てのひらに

赤星や疲れ鵜のゐる長良川

涙目の母の笑まひや秋の虹

酒とルーペと本ある生活秋深し

木の葉髪かなしきときはひと眠り

火恋し机上に散らす詩の屑

独り身のいづちへ向かむ冬の虹

夢はじめ大人の誡め優しかりき

二〇〇九年

言霊のいづちに目醒む初茜

寒茜ガラスの中の人魚たち

春陰やひとりでゆけるところまで

ふらここやひとり芝居の果つるまで

耳飾り光る少年花ぐもり

金魚玉はたと己にある時間

新緑や絵皿の鳥の濡れてをり

ままごとのシェフは腕利き青葉風

泣いてゐる方が兄なり目高の子

緋牡丹の奥に邪鬼の目光りけり

ででむしや疲るるほどに働かず

羽抜鶏ひとり歩きをしてをりぬ

水打つてひらきし父の遺言書

だみごゑの洩るる粗垣秋暑し

生き方は変へぬつもりよ衣被

駄菓子屋の硝子の壺や小鳥くる

浅き夢ばかりに醒めて冬の蝶

木の葉髪盗まれやすき持ち時間

隠れ蓑剃がされゐたる湯ざめかな

大海鼠己れに倦みてゐるごとく

悪相の魚の吊らるる師走かな

二〇一〇年

母の手に受くる破魔矢の白さかな

なりゆきに従ふつもり春炬燵

天にゆく道の明るさ花辛夷

ものはぬ心のすさび丁字の香

言へば消え書けば寂しや不如帰

落し文拾ふ久世坂師の忌くる

起きぬけの身の芯覚めず梅雨の蝶

百日紅母より先に逝くまじき

うそ寒や欲ばりすぎの痩せし詩

八千草や父の指笛遥かなる

エプロンをはづしてよりの秋燈下

ひぐらしや母の生活に添ひて生く

唐辛子口閉ざしゐる忿怒仏

湯豆腐や彼の君優しく頼りなく

帰り花人をひきとめゐたりけり

母のオペ無事に完了冬日射す

暖簾師の貌に似てゐる海鼠かな

二〇一一年

淑気満つ術後の母に笑みのあり

病む母に七草粥の湯気を添ふ

母の手に三粒ほどの追儺豆

木の芽吹く母の食欲ひさびさに

薄氷や母を看取りてこころ緊む

天近し祈り始めし老耕人

たましひの遊び上手よ告天子

灌仏会母の甘ゆるこゑ美しく

病む母のひらがな言葉草の餅

菖蒲髪看取り疲れの出てゐたり

何もせぬことも養生新茶汲む

病衣解く母のすがしき更衣

さくらんぼ寝転んで読む悪女伝

いつくしむ母との時間四葩濃し

ひと刻をこぼさぬやうに新茶かな

白蓮挿して仮幻忌迎へけり

藤咲くや疲れ気味なるわが海馬

背丸き人の黙禱ヒロシマ忌

自分流通す生なり石榴割れ

「ありがとう」母よ言ひ過ぎ草の花
そぞろ寒生き甲斐を問ふ母の顔
今出来る母に為すこと草の花

ひとり身の晩年に入り星流る

草の実やよきことばかり母に告ぐ

鋳入りしこころ癒さむ落葉焚

嘘うまく言へて哀しや冬ざくら

木の葉髪うからの介護一途なる

言過ぎの言葉悔いをり大海鼠

熱燗や貌に出やすき好き嫌ひ
日記果つ悔いなる一語封じ込め

第五章　我呼ぶ母

二〇一一年

肥後を恋ふ母のまなざし手毬抱く

手を貸さぬことも看取りよ薺粥

去年今年影のごとくに母に添ふ

笹鳴や甘ゆる母をいましめて
追儺豆さびしき鬼は居てもよし
さくら餅おすまし顔の母座せり

聞き役の母今も居り桃の花

啓蟄やどこにも合はぬ鍵ひとつ

茶目っ気のひと日の母や水温む

一途とはとほき日のこと花辛夷

新緑や母にかがやくにぎり飯

いたづらに我呼ぶ母よ青葉光

いちはやく暮色まとひぬ羽抜鶏

梅雨入やよく鳴く玩具の青い鳥

ででむしや母に見せゐる空元気

怠けたる後の淋しさ四葩濃し

果実酒の底の甘みや梅雨明くる

二つ返事で引き受けて行く羽抜鶏

考へのとどのつまりの大昼寝

仮幻忌の青きたそがれ影追へり

嘘見ゆるルーぺを覗く夜店かな

新涼やナプキン立てて予約席

幾何学が好きと言ふ母菊日和

雁来紅玉虫いろの恋ありき

これしきのことでまた泣く温め酒

母を詠む詩あまたあり小春凪

大往生たれど母の死身凍つる

抱きみる母の骨壺聖夜かな

母の霊抱き寄り来る冬の禽

仮の世の止り木探る霜夜かな

雪中花母の遺せし詩いくつ

母といふ文字隠るかに積もる雪

「かあさん」と幾度呼んでも寒夕焼

二〇一三年

寒四郎母に供へる白むすび

梅蒼む夢寐に遇ひたる母厳し

和布刈女のこゑ筒抜けに磯の暁

山吹や戸籍は遂に一人なる

春の闇独り芝居となる生活

隠り世の父母いかに青葉木菟

母の椅子わが背になじみ梅雨に入る

黄ばみたる父の豆本梅雨の月

酒なめし微酔の蚊をり刺されける

がまがへる身のほど百も承知なり

青梅雨や遺言書書きかけて書けぬ

母はもう父に逢へしや銀河の尾

いぼむしり髭も機嫌も斜めなる

団栗ころころ竹馬の友の逝きにけり

露の玉ころころ萎えゆくことなかれ

父母に近づく一歩鳥渡る

恋文を書かねば老いん月夜茸

くさびらや望郷にじむ漢の眼

冬帽子握り見つむる八束句碑

ひと啼きを習ふ羊よ聖夜劇

さよならを告げてまた逢ふ冬夕焼

第六章　痩せ氷柱

二〇一四年

詩の道とぼとぼゆくも恵方なり

胸深く母の一語の影冴ゆる

泣虫のかき乱しゆく蝌蚪の国

しやぼん玉甘え下手なる子がひとり

母の遺句口遊みをり花篝

あかんべい振りまくる男の子入学す

泣虫の兄に手渡す菰粽

古茶淹れて仏の母に告げし愚痴

かあさんと呼んで見たき日初螢

甦る母のひと世や濃紫陽花

わが脳の初期化願望かたつむり

七月の誰そ彼あをき父母の墓

仮幻忌や心耳に沁むる詩の数

夕涼やいづこに坐すも独りなる

月夜茸母の遺せし相聞歌

水澄むや母恋ふ詩を今しばし

「了解」で足る返信や天高し

稲妻やひとり生きよと天の声

一抜けの男の子の握る木の実独楽

自分史に多き余白や鵙猛る

母在さばこよひ白寿よ月まろし

戯るる拝み太郎と学童と

師の御魂桜もみぢに迎へらる

夫《ふ》佐《う》恵さんの納骨式や水の秋

※文挾夫佐恵先生

けむり茸一筋縄ではゆかぬ君

亡き父の叱咤の如く冬の雷

冬日燦母の位牌に「詩」の文字

わが心わが手に負へず落葉踏む

埋火や母を詠みきてまだ足らず

はみ出せるピカソの顔や大マスク

生き甲斐を模索してをり痩せ氷柱

春雷や鉽力ロボット鎮座せる　二〇一五年

天命を天に任せて鳥帰る

花明り誰にも会はぬひと日過ぐ

空似の母とすれ違ひけり風光る

白藤や水かげろふのいろに佇つ

ひとり喫む走り茶渋し父母恋し

たまさかの逢瀬に翳る富貴草

ははそはの母の風鈴吊しけり

汗拭いて別の思ひに至りけり

天に句座あらば誰彼文琴忌

堪へ性疾うに失せたり虫すだく

りんだうや蒼き瞳の夢二の画

向日葵や悪餓鬼忽と笑ひ出す

鬼の子の微風のひとり芝居かな

ありていに言へば偽り笑ひ茸

母の忌のこころに灯る冬銀河

笑ひ皺見せ合ふ姉妹葛湯吹く

二〇一六年

あらたまの風を呼び込むましら声

やうやくにひとりに慣れて雑煮椀

書初の「無心」いささか傾きぬ

胡坐組むロボット二体春の雷

眉宇に置くさくらさくらや詩歌欲る

うすらひや母の背に似し風の紋

月の暈とどめ音なき春の水

渡る世の鬼にもなれず花菜摘む

朧夜や仏にもらふ京和菓子

だんまりは母思ふとき朧月

擦り寄るは大喰ひ獏や四月馬鹿

自画像に重ねゆく色かげろへる

燃ゆるものいまさら要らぬ黒牡丹

老川敏彦先生逝く

五月闇鬼籍を灯す師の御魂

訪めたきは母の産土比古太郎

余念なきリハビリ体操梅雨の蝶

黴の書に父の落書相聞歌

片虹や詩欲る我に持ち時間

風澄みて詩魂生るる星河かな

自由とは不思議な疲れ秋暑し

安座にも危座にも厭きて踊りけり

秋澄むやお山の大将引退す

つひもらふ溜息ふたつつづれさせ

いざよひや遺影は物を言ひたげに

脇役のいつか主役や鷹の爪

雁の棹だあれも待たぬ家路かな

ロボットの踊る阿呆や水の秋

浮寝鳥言葉を待てる淋しさに

行く末の偸安さぐる枯葉径

父母墓前垂氷の刻む音すなり

二〇一七年

なづな粥遠くなりたる夙志とも

退くか残るか目刺食うてをり

もう誰も叱つてくれぬ雛納め

花辛夷父の涙を見しことも

夢食べ生くる悦び四月馬鹿

花疲れ正直馬鹿をとほしけり

巻き直す保身の螺子や花は葉に

退屈といふは厄介蟇坐せり

ででむしや肚の底など見えぬ世に

花菖蒲白無垢鉄火潜みたり

怖ろしき話の後や氷菓舐む

真つ先に風の頰ずりさくらんぼ

笑窪とてひとつは淋しさくらんぼ

立ち上がる力いま欲し瀧飛沫

紅芙蓉誰を待つでもない時間

かなかなのかなの調べや狂詩曲
消えさうで消えぬ詩心や水の秋
断腸花大人の含羞偲ばるる

八人目の敵が覗けり秋簾

ひとすぢの光花野の忘れ水

鵙高音空欄多きわが年譜

遺伝子は時には味方とろろ汁

近況は空欄のまま鳳仙花

晩秋や一人相撲に敗れさう

あとがき

今から三十二年前のある日、勤めから帰った私は母から唐突に「ハワイ吟行」への付き添いを頼まれた。その頃の母は「六十の手習い」で始めた俳句入門から十二、三年経っていたと思う。ところが私は俳句にあまり関心を持てずにいた。ハワイには一度は訪ねてみたいという憧れを持っていたが、俳句には不安があり、つい返事を先延ばししていた。しかし母からの誘いも二度三度に及び、戸惑いながらも付き添いという名目で俳句結社「秋」の「ハワイ吟行」に参加することになった。

初めて尽くしのハワイ・吟行・句作・句会、そして、初代石原八束主宰の厳しくもとても楽しい講演などにときめきを覚えたことは今でも忘れられない。

帰国後すぐに「秋」に入会し、毎年のように開催された地方への吟行（練成会）に母と一緒に参加したことも良い思い出となっている。

母は思いのほか長生きし、卒寿過ぎてからも俳句を楽しんでいた。私は、そんな母の晩年を多く詠んでしっかりと残したいと思った。

母は、九十七歳の十二月天寿を全うした。死顔がまことに穏やかであった。


独り身を通し何事も消極的である私を、いまだに唯一取り組んでいる俳句の世界に導いてくれた母に、改めて感謝している。

一方、石原八束提唱の「内観造型」の理念に大変魅了されて、私なりのテーマにし追求してきた。これからも一層学んで行けたらと願っている。


句集『我呼ぶ母』を上梓するにあたっては佐怒賀正美主宰にご指導・選句、また身に余る序文をいただき謹んで感謝申し上げます。

ご指導賜りました今は亡き石原八束初代主宰、文挾夫佐恵先生、老川敏彦先生、また現在ご指導いただいております諸先生方に改めて厚く御礼申し上げます。

終りに、この句集を上梓するに際しては、本阿弥書店の黒部隆洋様はじめ制作関係の方々に大変お世話になりました。重ねて御礼申し上げます。

平成三十年六月吉日

森田 幸子

著者略歴

森田幸子（もりた・さちこ）

昭和19年12月７日　疎開地（父の郷）兵庫県丹波篠山生まれ
昭和63年　俳句結社「秋」入会
平成７年　「寒昴」同人
平成９年　「秋」同人
平成10年　「寒昴」は「昴」と改名

現代俳句協会会員・全国俳誌協会会員

現住所
〒112-0013　東京都文京区音羽１丁目15-12　アルス音羽418号

第二次「秋」叢書16

句集　我《われ》呼《よ》ぶ母《はは》

2018年９月１日　発行
定　価：本体2800円（税別）
著　者　森田　幸子
発行者　奥田　洋子
発行所　本阿弥書店《ほんあみ》
東京都千代田区神田猿楽町2-1-8　三恵ビル　〒101-0064
電話　03(3294)7068(代)　振替　00100-5-164430
印刷・製本　三和印刷株式会社

ISBN 978-4-7768-1388-0 (3104)　Printed in Japan
©Morita Sachiko 2018